잃어버린 얼굴

올가 토카르추크 글
요안나 콘세이요 그림
이지원 옮김

사계절

아주 또렷한 얼굴을 가진 사람이 있었습니다. 그를 한 번만 봐도, 그 얼굴은 기억에 바로 새겨졌습니다. 그를 처음 보는 사람들도 빛나는 눈, 선이 예쁜 코, 또렷한 입술을 보면 마음이 편안하고 기분이 좋아졌습니다. 이웃들도 그를 좋아했지요. 그가 거리에 나가기만 해도 모두들 알아보았습니다. 그에게 미소를 짓고, 환영의 표시로 손을 흔들었기 때문에 그는 모든 사람이 자신의 친구라고 느낄 정도였습니다. 캐리커처를 그리는 사람들도 그를 좋아했는데, 그의 얼굴로는 재미있는 초상화를 그리기가 아주 쉬웠거든요. 한번은 광고에 출연한 적도 있는데, 그런 얼굴은 상품을 잘 팔 수 있다는 말을 들었습니다. 사람들은 그의 이름이나 그가 누구인지보다는 얼굴을 더 잘 기억하는 편이었습니다. 그러므로 우리는 이 책에서 그를 또렷한 사람이라 부르기로 합시다.

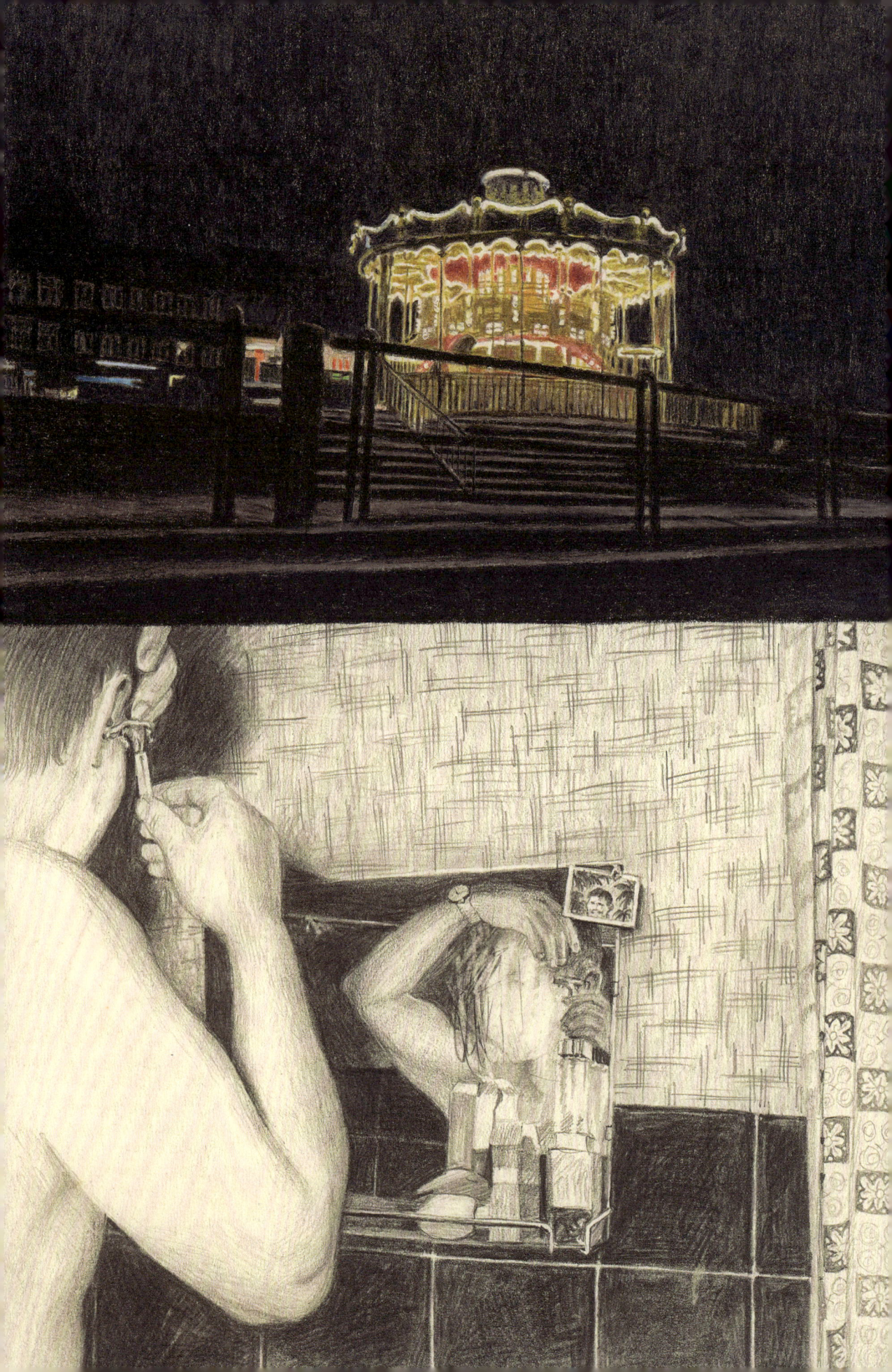

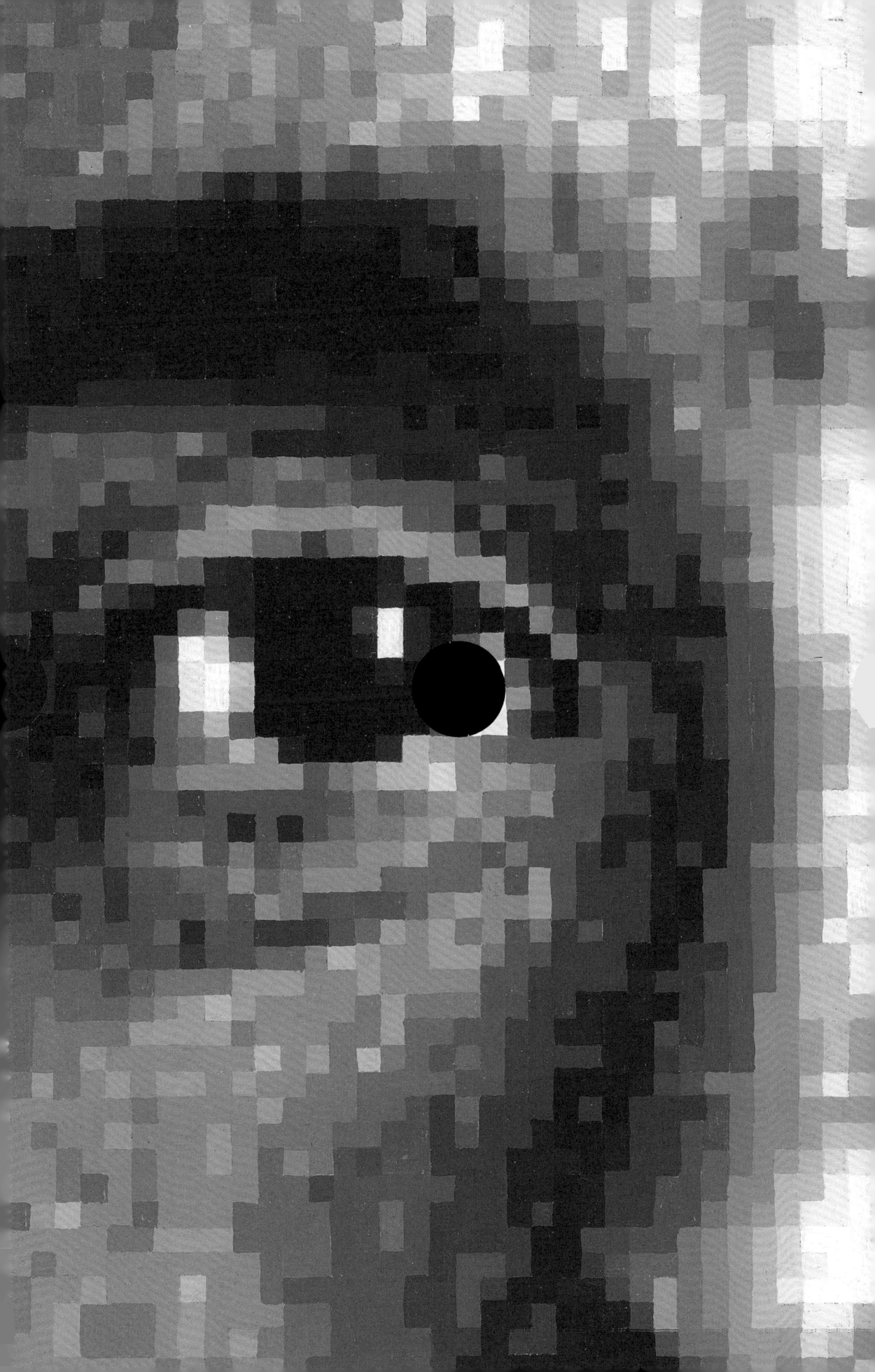

솔직히 말하도록 하죠. 또렷한 사람은 자신의 모습을 좋아했습니다. 어쩌면 나르시시스트라고 말할 수도 있겠죠. 자신의 외모, 그러니까 선이 반듯한 얼굴을 좋아해서 자주 거울을 보곤 했습니다. 그러니 카메라 기능이 뛰어난 휴대폰을 샀을 때, 신나서 셀카를 찍어 댄 것은 전혀 이상한 일이 아니었죠. 그의 얼굴은 이때부터 그가 방문한 여러 장소를 배경으로 나타나기 시작했습니다. 도시와 유적지, 구름과 바다 앞에 그의 얼굴이 등장했죠. 숲과 차와 사람이 가득한 거리, 책으로 가득한 도서관을 배경으로 한 사진도 있었습니다. 그는 기회만 있으면 자기 자신의 모습을 남겼습니다. 누구도 그가 온전한 성인이며, 세상의 이치를 잘 알고 있다는 것을 의심할 수 없도록 말이죠.

자신의 전신과 배경이 앵글에 다 들어오기에는 팔이 너무 짧다고 느껴지면, 지나가는 사람들에게 사진을 찍어 달라고 부탁하기도 했습니다. 그러면 그들은 웃으며 렌즈에 그를 담았지요. 공기 중으로 '찰칵, 찰칵, 찰칵' 소리가 울려 퍼졌습니다. 더 많은 이미지들이 생겨나는 소리였지요.

오랫동안 셀 수 없이 많은 그의 사진이 인터넷에서 떠돌았습니다. 그러던 어느 날, 면도를 하러 거울 앞에 섰는데, 얼굴선이 지워진 듯한 느낌이 들었어요. 눈썹은 색이 연해진 것 같았고, 그 각도도 그렇게 날렵하지 않았습니다. 눈도 뭔가 덜 빛나 보였습니다. 아니, 아름답고 눈에 띄는 입술마저도 이미 남들의 주의를 끌 정도는 아니었습니다. "아니, 왜 이러지? 어디가 아픈가?" 그는 걱정이 되어 혼잣말을 했습니다.

불행히도, 얼굴의 변화는 계속되었습니다. '찰칵, 찰칵, 찰칵' 사진을 찍을 때마다 그의 얼굴은 점점 흐릿해졌습니다. 만들어진 이미지가 늘어날 때마다, 자신의 진짜 이미지는 점점 흐려지는 것만 같았습니다. '찰칵, 찰칵, 찰칵', 턱선이 지워지고 있었습니다. 남자답고 확신에 차 있던 턱선은 연기처럼 보였습니다. 감각적이고 누구나 좋아했던 그의 유명한 입술은 마치 새하얀 식탁보 위에 과일즙을 조금 흘린 것처럼 형체가 없는 얼룩으로 변했습니다.

새 얼굴을 어디서 가져오는지, 누가 알겠어요? 그는 인터넷에서 구한 주소를 들고 후드를 깊게 눌러쓰고 교외로 나갔어요.
얇은 종이와 비닐로 싸서 진공 포장된 상자 안에 넣고, 비행기나 화물선의 짐칸에 숨겨 몰래 들여온 그 밀수품은 컴컴한 뒷골목 같은 곳에서 상당히 고가로 거래되고 있었어요.

또렷한 사람은 이 걱정스러운 변화를 외면하려고 했습니다. 피곤해서 그런 거라고 생각하면서요. 하지만 한번은 가게에 갔다가 거울을 슬쩍 쳐다보았는데, 온몸이 굳어 버릴 정도로 너무나 놀라고 말았어요. 얼굴 전체가 지워져 희미한 얼룩이 되어 있었고 눈 같은 것이 희미하게 빛나고 코 같은 것이 슬쩍 올라와 있으며 아무런 표정도 없는 입술은 거의 보이지도 않았어요. 이런 얼굴을 하고 거리를 나돌아 다니는 것이 수치스러울 정도였습니다. 아무도 쳐다보지 않을 얼굴이었죠.

또렷한 사람은 후드를 푹 눌러쓰고 몰래 집으로 들어왔어요. 그러고는 우울한 생각에 빠졌어요.

심각한 문제였어요. 지나가는 사람들, 아니, 이미 잘 아는 이웃들마저 그가 거리에 나와도 쳐다보지 않았고 얼굴을 알아보기도 힘든 듯했어요. 익숙한 미소와 환영의 손짓이 아니라 그냥 무심하게 그를 부르는 거였어요. "거기, 아저씨!" "저기요!" "여보세요!" 우리의 주인공은 이 사실에 매우 상처를 받았어요.

그는 인터넷을 찾아보고, 자기가 먼 곳에서 온 바이러스에 감염되었다고 생각했어요. 최근에 발견된 바실리스크* 별자리의 검은 구멍 때문이라는 이론도 있었어요. 특히 신경 쓰인 것은, 인간의 얼굴에서 눈에 보이지도 않고 가장 예민한 진짜 꺼풀이 사진을 찍을 때마다 벗겨진다는 가설이었어요. 자기 사진을 많이 찍는 사람은 결국 진짜 얼굴을 잃어버릴 거라고, 어떤 인터넷 사용자가 써 놓은 거였어요. "셀럽들이 왜 매일 그렇게 진하게 화장을 하는지 알아? 괜히 그러는 것 같아? 그건 아닐걸?…."

그는 완전히 좌절해서 집 밖으로 나가지 않았어요. 그저 거울을 들고 침대에 누워, 자기가 원래 어떤 사람이었고 그게 어떤 의미였는데 이렇게 다 사라지는 것인지 보고만 있었어요.

희미해지는 얼굴을 되돌릴 방법은 없었어요. 이제 할 수 있는 건 하나뿐. 새 얼굴을 불법으로 구하는 거였어요.

* 바실리스크 서양의 민담에 자주 등장하는 상상 속 괴물이다. 주로 뱀의 몸과 용의 날개를 가지고 있다.

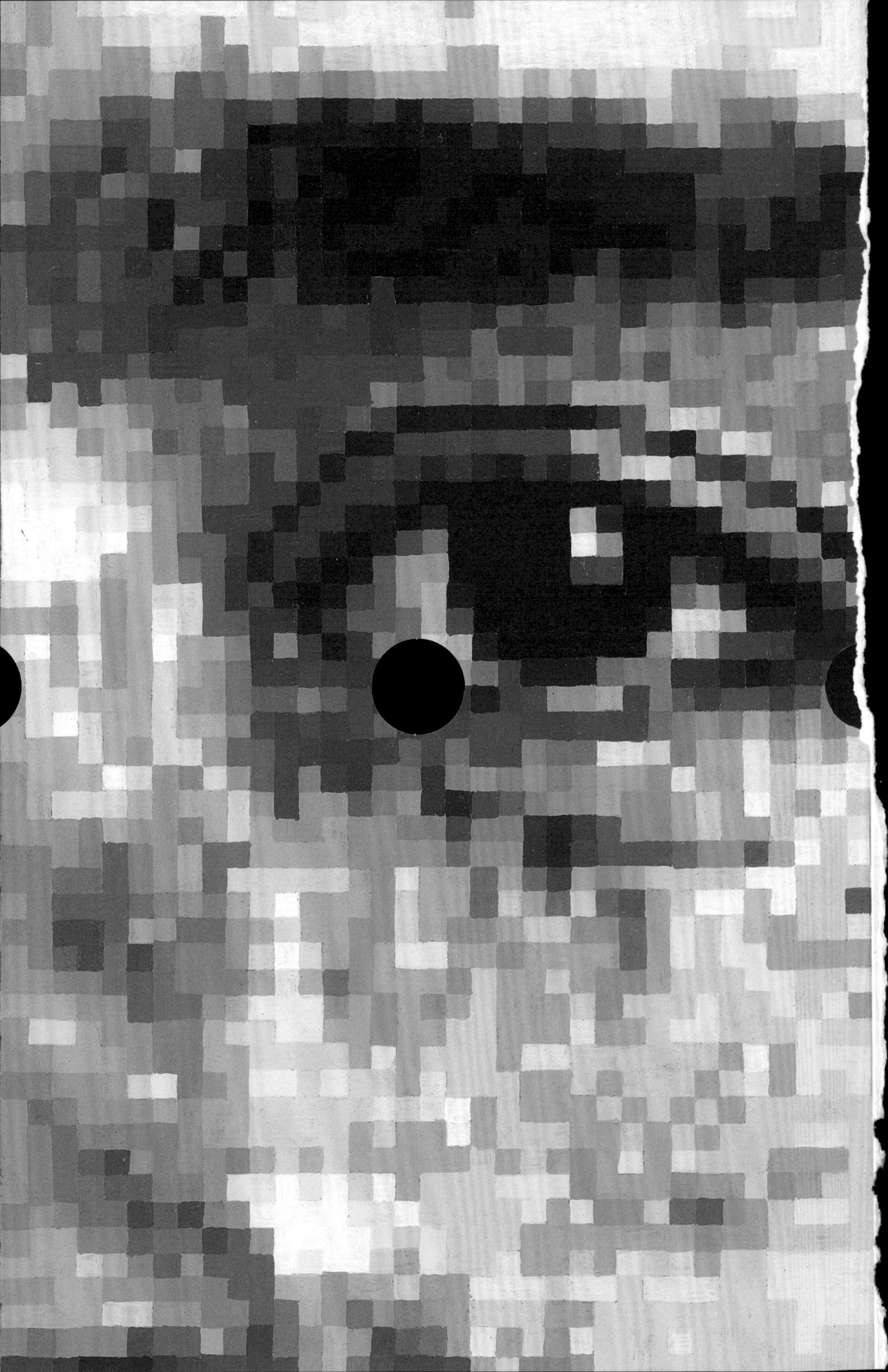

이제 자기 자신의 그림자처럼 보이는 그는 외투 깃을 올리고 눈 아래까지 후드를 눌러 쓰고 어느 날 저녁, 그 장소로 찾아갔습니다.

마치 여러 사람의 얼굴을 붙여 놓은 것 같은 거래인 앞에 섰을 때, 그는 아무 말도 하지 않았어요. 단지 후드를 벗고 얼굴을 햇빛에 비춰 보였죠. 안됐다는 듯한 한숨 소리가 들려왔어요.

"저는 다시 또렷한 사람이 되고 싶어요. 가장 선명한 얼굴로 부탁드립니다."
"그건 누구나 원하는 바죠." 거래인은 다 안다는 듯이 대답했어요. "값이 좀 비싸요."

그는 선택의 여지가 없었어요. 주머니에서 평생 모은 돈을 모두 꺼냈죠. 자기 얼굴에 돈을 아낄 수는 없었어요. 어둠 속의 목소리가 어마어마한 액수를 불렀어요. 또렷한 사람은 머릿속으로 계산을 해 보았어요. 오래된 성냥갑 수집품들을 다 팔아도, 고성능 카메라가 달린 휴대폰에 자전거, 행글라이더, 카약, 은행 저축을 다 합쳐도 만들 수 없는

액수라는 것이 확실했어요. 그 모든 것을 합쳐도 부족했지요. 부모님이 물려주신 집과 가지고 있는 모든 것을 팔아야만 했어요. 그는 더 컴컴한 쪽으로 뒷걸음질을 치며, 확실히 깨달았어요. 다른 방법은 없구나.

거래인은 부스럭 소리를 내며 커다란 상자 안에 쌓여 있는 작은 것을 꺼냈어요.
"최고의 물건이오." 거래인의 얼굴에 잠깐 웃음이 스쳤어요. "그리고 사진에도 잘 견디죠."

또렷한 사람은 행복하게 집으로 돌아왔어요. 집에 오는 길에, 자기처럼 후드를 눌러쓰고, 자기가 지나온 방향으로, 항구 쪽으로 가는 사람을 보았어요.

얼굴은 마치 거푸집으로 뜬 것처럼 딱 맞았어요. 저녁 내내 그는 거울 앞에 앉아 왼쪽 오른쪽, 자신의 얼굴을 비춰 보며 감탄했어요. 기분 좋게 최고급 크림을 얼굴에 발랐죠. 샴페인까지 한 병 땄어요. 얼굴은 정말 놀랍도록 또렷했고, 검정색 눈썹, 분홍빛 도톰한 입술, 번쩍이는 눈에 긴 속눈썹까지 있었어요. 날렵한 턱선은 그가 의지가 강하고 자신감

이 있는 사람이라는 걸 말해 주고 있었어요. 그는 사랑스럽다는 듯 자기 뺨을 톡톡 치고 옷깃을 매만진 후 웃는 얼굴로 집을 나섰어요. 오랫동안 나온 적이 없는 도시의 길거리에는 비가 오고 있었어요. 우산이 고집스럽게 뚝뚝 떨어지는 물방울로부터 새 얼굴을 지켜 주었어요. 우리의 새로운 또렷한 사람은 정말 행복했어요.

그는 자기가 가장 좋아하는 카페의 문을 열고 우산의 물기를 털고는 카페 안을 훑어보았어요. 갑자기 온몸의 피가 얼굴로 몰리는 것 같았어요. 거기 있는 사람들은 모두, 그와 똑같은 얼굴을 하고 있었어요. 웨이터는 웨이터식으로, 바리스타는 바리스타식으로.

거기엔 여자 버전의 얼굴도 있었어요. 그는 공포에 질려 뒤로 물러나 도망치려고 했어요. 그때 실수로 부딪친 한 아가씨가 그의 얼굴을 보고는 말했어요.

"곧 익숙해질 거야."